얼마나 지냈는지보다
얼마나 진했는지가
중요한 거지

얼마나 지냈는지보다
얼마나 진했는지가
중요한 거지

서주한 에세이

멜
카르북스

농도

사랑에 진심인 사람이 좋다. 사랑하는 사람을 보는 것만으로 표정이 드러나는 사람, 마치 이 관계가 영원할 것처럼 안아 주는 사람. 하물며 그 끝이 이별로 번질지라도 가장 진한 기억으로 남아 있을 당신이 나는 너무나도 좋다.

CONTENTS

1.

우리 한껏 더 아름다워라
너와 나의 농도 100%

~~~~~

2.

우리 아닌 우리에게 해피 엔딩은 없어

너와 나의 농도 50%

〰〰〰〰

3.
더 이상 우리의 별은 반짝이지 않는다
너와 나의 농도 0%

꼰꼰꼰

4.

한 문장으로도 우리는 충분하지
너와 나의 농도 99%

〰〰〰

1

우리 한껏
더 아름다워라

너와 나의 농도
100%

우리 한껏 더 아름다워라.

기나긴 하루의 짧은 노을일지라도

서로의 가장 찬란한 순간이 되어라.

포옹

나는 너와의
포옹에서 오는 그 체온이 너무나도 좋다.

네가 내게 닿아 아늑해지고
어지럽게 놓인 악몽들이 눈 녹듯 사그라지는,

그저 아무 생각 없이 베개를 껴안은 듯한
그 느낌이 내게는 늘 커다란 행복으로 밀려온다.

＊＊＊

잔잔해도 좋으니

보고 싶다는 말이
서로에게 무거워지지 않기를 바란다.

우리가 잡은 두 손이 언젠가 느슨해질지라도
부디 이 두 손을 놓는 날만은 오지 않기를 바란다.

욕심

너에겐 내가 전부였으면 좋겠어.
온전한 사랑이다 못해 흘러넘쳐
그 여분의 마음조차 나로 더 가득 찼으면 좋겠어.

✳✳✳

그런 네가 좋았다

솔직한 네가 좋았다.

나를 휘저을 듯한 너의 따뜻함과
어떠한 거짓조차 없어 보이던 표정.

사소한 마음이 드러날 때면
뽀로통한 입술을 내밀고

눈꼬리를 자연스레 축 내린 채
한껏 껴안아 달라고 하던 무언의 요구조차.

온전한 진심

그 어느 수식조차 없는 나도
당신에겐 닿고 싶은 표현이다.

흔한 꾸밈이 없어 가여워 보일지라도

그렇기에 다른 의미조차 없는 내가
당신을 향하는 온전한 진심이다.

✳✳✳

다정한 사람

다정한 사람이 좋다.

어렸을 때부터 다정함이 몸에 배어 있어
한마디를 하더라도 부드럽게 내려놓을 줄 아는 사람.

그런 사람에게 나 또한 가장 다정한 사람이 되고 싶다.

따뜻한 인연

자연스러운 만남을 통해
차곡차곡 쌓아 가는 인연을 좋아한다.

마치 두꺼운 옷 하나를 입는 것보다
얇은 옷을 두껍게 껴입는 것이 더 따뜻한 것처럼.

매일매일이 서로에게 쌓여 언젠간 서로의
가장 따뜻한 옷이 되어 주기를 바란다.

✳ ✳ ✳

여백

말 한마디로도 너에게
여운이 될 수 있다면 얼마나 좋을까.

네 마음의 어느 여백에라도
내 마음이 한 움큼 담길 수 있도록.

오색찬란

유심히 들여다보지 않아도
너에겐 참 어여쁜 곳이 많다.

나의 괜한 너스레가 아니다.

수많은 색을 섞어도 결국 또 하나의 단색이 되듯
네 하나가 나에겐 무수히 쏟아지는 빛깔이다.

✳✳✳

그 마음만으로

이미 좋아하는 벽지에
굳이 다른 그림을 그릴 필요가 있을까.

당신이 나를 사랑하는 그 마음이라면
어떠한 이유를 덧붙이지 않아도 충분한 것이다.

꽃샘추위

그래도 우리는 여전히 봄인가 보다.

그리 차갑게 돌아서려 해도
내 마음에 네가 또 피어나는 걸 보니.

행운

내가 이토록 사랑하는 사람이 나를 사랑한다는 건,
당연하지 않은 것들 속에서 무척이나 다행인 것.

나란히

꼭 가야만 한다면
너와 함께 있는 걸 택할 거야.

조금은 초라해 보여도 괜찮아.

어차피 네가 없는 나보다
더 가여운 것도 없을 테니까.

✳ ✳ ✳

변하지 않기를

영원이라는 말로 나를 가두어도 좋다.

변하지 않는 당신의 곁에서
나 또한 영원히 변하지 않을 테니.

앓음

내가 너를 알아 가는 것은
어쩌면 내가 너를 앓아 가는 것.

단순히 마음이 향하는 곳을
눈여겨보는 것이 아니라,

그 작은 것들 하나하나 모두
내 가슴속 깊이 품어 가는 것.

＊＊＊

온화한 하루

조금만 생각해 보면 누군가를 좋아하는 일이
하루의 둘레 중 가장 사랑스럽게 불어온다.

서로를 나긋하게 품으며 깊은 온화를 피웠던 날들과
이불을 껴안으며 작은 눈물을 쏟았던 날들.

그 모든 날들이 돌고 돌아 내가 너에게
향할 수 있게 하는 시곗바늘이 되었다.

모래사장

나를 사랑한다는 너의 말이
어디론가 휩쓸릴 만큼 연약한 표현이 되지 않기를.

어떠한 파도가 쳐도 모래사장엔 모래알이 있듯,

네 마음이 어디론가 일렁이는 파도가 될지라도
결국 그 마음이 닿는 곳엔 나만이 서 있을 수 있기를.

✳✳✳

너와 걷는 길

너와 걷는 모든 길이
기나긴 행복과 맞닿아 있으면 좋겠어.

책장을 넘기면
어제의 이야기가 또 다른 이야기로 다가오듯,

너와 가는 모든 길 끝에는

그동안 마주했던 기나긴 행복들이
어제의 이야기처럼 떠밀려 왔으면 좋겠어.

서로의 일부

내가 너의 일부라는 것이 좋다.
꼭 껴안은 너의 옷에 나의 체취가 남아
누군가에게선 너의 향이 나의 향이 되었을
어쩌면 금세 사소해지고 말았을 그 작은 일부가
나에게만은 온 입가의 웃음으로 핀다.

애정 표현

조금 진부한 표현이면 어떠한가.

그 표현이 당신의 전부라면 된 것이지.

고백

깊은 밤이 오기 전에 너에게로 갈게.

아직은 저만치 기울어진 달빛이래도
언젠간 너의 창가에 흩날리는 유일한 빛이 될게.

마음

너를 와락 끌어안고
오늘은 사색에 잠길 거야.
네가 좋아하는 따뜻한 색으로
나의 옷을 갈아입고
행여 진한 표현이 연해질까
두 눈가엔 빨간 꽃잎을 띄운 채
내 마음을 가득 네 향기에 더할 거야.

우리

우리 한껏 더 아름다워라.
기나긴 하루의 짧은 노을일지라도
서로의 가장 찬란한 순간이 되어라.

✳ ✳ ✳

작은 하나조차

어렸을 적부터
비 오는 날을 좋아했다.
쏟아지는 비에 창문이 흔들리고
물방울이 또 다른 물방울에 미끄러질 때,
나는 그 작은 입자가 커져 가는 모습을
놓치지 않으려 늘 고개를 두리번거렸다.
어쩌면 하나의 관심이었던 것이다.
사랑하고 좋아하는 것들에 대해서는
누구나 그런 것일까.
때로는 너에게서 비롯된 작은 하나조차
나의 마음을 무척이나 설레게 만들고 있었다.

* * *

애틋한 사람

화분에 꽃을 심었다.

싹이 트기도 전에 내 마음엔
이미 향긋한 사색이 번진다.

누군가를 좋아한다는 게
이런 것일까.

네가 내게 오기만을
애타게 기다리는 순간조차

나는 커다란 설렘을
품은 것만 같다.

✱✱✱

처음 맞잡은 손

너와 걷는 내내 주변 풍경은
거리의 온도를 흔들고 있었다.

짧은 보폭으로 걷는 우리 사이,
행여 손이라도 닿을까 조심스러운 간격.

마음에서 미끄러져 나온 용기가
끝내 네 손을 끌어안아

더없이 아름다운 봄을 피워 냈던 우리의 풍경.

반

너를 떠올리는 것만으로
기다란 낮은 초저녁이 되었다.
해가 저물어 어둑해진 마음엔
널브러진 네 생각이 별처럼 쏟아지고,
두 눈을 감아 소원을 빌었던 나에겐
보름달이 아닌 반달만 남겨져 있다.

✳✳✳

여전히 우린

멀리 있는 것들은 본래 작게 보이는 것.
그렇다고 결코 작아진 것 또한 아니라는 것.

너와 내가 잠시 떨어져 지내는 이 순간에도
서로에 대한 마음만은 여전히 커다랄 것이란 것.

* * *

화분의 꽃

제 마음이 화분이라면
당신은 이미 꽃을 피웠습니다.

그 아름다운 색과 좋은 향이
제 마음을 모두 채우고도 남을 만큼.

✳✳✳

다섯 번째 계절

머뭇거리던 네가 슬며시 불어올 때
나 역시 내내 흔들리던 꽃잎.

마음과 마음이 한곳에 닿으려
두 계절 사이에 정연한 다리가 놓였던,

실로 또다시 피어나지 않을 우리의 계절.

쉽게 말하지 않았으면

너에겐 어떠할지 몰라도
나에겐 그게 어려운 일일 수 있다는 거야.

아무리 흔한 옷일지라도 내가 처음 입어 보는 옷이라면
그 옷이 나에겐 가장 어색한 옷일 수도 있는 것처럼.

✳✳✳

여전히 머물고 있는 사람

주눅 든 내 마음을 어르고 달래며
커다란 위로를 포개어 주던 사람.

말 못 할 속사정엔 따뜻한 이불을 덮어 주고
불현듯 아린 내 마음엔 온 계절의 꽃을 심어 준 채,

가냘픈 내 마음 전부를 흩날리게 했던 오직 당신이란 사람.

꽃 필 무렵

어렴풋하게 기억이 난다.
너와 나 사이에 오갔던 웃음과
사시사철 나를 끌어안은 듯했던 너의 체온이.

결국 너는 나에게 그런 사랑인 것이다.

마치 움츠리고 피는 것을 반복하는 꽃처럼
함께했던 계절이 오는 것만으로 다시 마음 깊이 피어나고
마는.

✳✳✳

내가 먼저였으면

네 마음의 질서가 무너졌으면 좋겠다.

그 마음에 무엇이 있더라도
나만은 네가 사랑하는 모든 것 앞에 놓여 있으면 좋겠다.

위로

사랑하는 나의 사람이
오늘은 어떤 무게를 견디었을까.

작은 눈금 하나하나가 쌓여
버거울 만큼 힘이 들진 않았을까.

누군가가 알아주기를 바라면서도
또 한편으로는 가슴 아파할까,
남몰래 삼켜 내진 않았을까.

와르르 무너져 내리고
또 부스스 부서져 버린 당신에게

이젠 내일이 온다는 것조차
작은 슬픔이 되어 버리진 않았을까.

＊＊＊

비로소 닿는 진심

사랑을 침묵으로 남기지 말자.

깊숙한 마음을 목 놓아 전할 때
비로소 닿는 진심도 있으니까.

바람개비

당신이 불어오니 제 마음은 심히 흔들립니다.
마치 기분 좋은 강아지 꼬리처럼 살랑거리며
오직 당신의 주변만을 맴돌고 있는 저에게
당신은 늘 슬며시 불어오는 커다란 바람입니다.

***

너는 나에게

너와 내가 오랜 연인이 되어
여럿 사계를 보냈지만
같은 계절이 돌아오는 것은
여전히 싱그러운 일이다.
서로에게 조금은 익숙해진 우리가
전보다 자신에게 어울리는 옷을 입게 되었고
표정 하나로도 마음을 알 수 있을 만큼
각자의 향기 역시 진하게 물들었으니
그 어느 곳 그 어떠한 계절이 와도 너는 나에게
가장 싱그러운 봄일 수밖에 없음을.

마음의 행선

당신이 뿌리를 내린 제 마음은
이리도 쉽게 메말라 갑니다.

그 어느 하나 남김없이 오직 당신만을 위해.

✳✳✳

설렘

당신과 마주하게 될 내일은
내가 오늘 마주해야 할 감미로운 이별입니다.

선율이 흐르기 전에 피는 마음의 고요와
꽃이 맺히기 전에 움트는 작은 봉오리처럼

나의 여린 마음에 곧잘 찾아드는 당신은
내 마음을 비집어 놓는 온화한 계절입니다.

서로의 의미

당신이 내게 와닿아
끝없는 굴레로 녹는다.

나의 온전한 마음이
당신에겐 따뜻한 입김이라니.

그 추위가 나에게 흘러온다 한들
여전한 행복이 아닐 수 있을까.

✳✳✳

선물

소복하게 쌓인 너의 나날들이
누군가에겐 가슴 설레는 첫눈이야.
하얗게 피어나는 저 꽃들처럼 반짝이고
따뜻한 눈사람처럼 포근하게 나를 안아 주는
그런 네가 내 마음을 설레게 하는 가장 큰 선물이야.

마음의 증표

평소엔 연한 내 마음이
너와 함께 있을 땐 진해지는 것 같아.
마음은 깊게 요동치고
생각의 시선은 한곳에 모이기 시작하지.
좋아한다는 게 정말 그런 건가 봐.
잔잔한 하늘에도 네 생각을 띄우면
그것이 예쁜 달이 되기도 하고, 별이 되기도 하는 것.
어쩌면 그게 내가 너를 좋아한다는
진한 증표가 되는 건가 봐.

✳✳✳

너의 봄

나의 봄이 고스란히 피어
너에게로 간다.

새벽녘 잠에서 깬 이슬이
어느새 풀잎 위에서 미끄러지고

햇살 넘실거리는 오후에
수줍은 노을이 볼에 번지는 것처럼

나의 모든 순간이 피어나
하나의 꽃이 되었던 이유는

오직 너의
따뜻한 봄이 되고 싶었기 때문이다.

행복

사랑하는 사람들이 행복했으면 좋겠어.
바람을 따라 유유히 흘러가는 구름처럼
예쁜 나날을 따라 원하는 것을 꽃피우고,
곁이 아닌 다른 곳에 떨어져 있더라도
좋은 사람들로 가득한 곳에 머물며
항상 사랑받았으면 좋겠어.

＊＊＊

잔향

수수한 가을밤이 짙은 어느 날,
내 마음 곧은길을 따라 너에게로 갈게.
진했던 우리의 날들이 코끝에 부서진 채
향기 없는 추억처럼 곁에 남아 은은할 때,
네가 좋아했던 그 모든 향길 잊지 않고
처음 나누었던 그 수줍은 고백처럼
내가 너의 진한 빛이 될게.

특별함

하나의 싫은 단어만 있어도
내가 좋아하는 문장이 될 수 없다.
그래서 네가 특별한 것이다.
내가 가장 좋아하는 그 문장으로도
너는 담아낼 수 없는 사람이라서.

✳ ✳ ✳

너의 가슴속 깊이

너는 수줍은 언어로 피어나
나의 향기 마른 들숨을 에우고,

작은 보폭을 유지하던 왼 가슴에
커다란 날개를 달아 주었지.

이 항해의 끝 그 어딘가
어쩌면 네가 기다릴지도 모르는 곳.

언젠가 나 또한 이 길 위에서
온전함을 잃고 헤맬 순 있으나,

커다래진 이 걸음만큼은
너의 가슴속 깊이 새겨지겠지.

나에게 넌

잔잔한 파도에도
모래알은 크게 휩쓸린다.

네가 내게 온다는 것이 그렇다.

네 마음이 작은 파도로 일렁이는 것조차
실로 커다란 바다가 나에게로 밀려오는 듯하다.

✳✳✳

그것만으로도

가끔은 그런 게 위로가 된다.
네가 내 곁에 있다는 것만으로
마음엔 이미 커다란 네가 채워진 듯하다.

잊지 못할 우리가 되기를

나 언젠가
시들어 버릴지라도
당신의 꽃이 되기를 바랍니다.

계절마다 꽃잎이 으스러지고
향기 하나 남지 않을 가여운 추억.

그렇게라도 나는 영원한 꽃이 되어
당신의 모든 계절에 머물러 있겠습니다.

온종일

나의 낮은 여전히
당신만이 쏟아지는 밤이다.

온종일 바람이 살랑이는 것은
말하지 않아도 당신에게 건너가는 마음.

보고 싶은 마음이 깊게 울리고
밀려온 생각들이 입 밖으로 밀쳐 나갈 것 같은 지금.

네가 떠 있는 밤은 또 내가 부르는 이름이 된다.

2

우리 아닌
우리에게
해피 엔딩은 없어

너와 나의 농도
50%

이미 시들어 버린 너에게

나의 마음은 꽤나 무의미하겠지.

사실 우리 아닌 우리에게

해피 엔딩이라는 것은 없는 것 같아.

조화

보기에는 예뻐도
입어 보면 어울리지 않는 옷이 있듯,

좋은 사람이라고
다 나에게 맞는 것 또한 아니더라.

마치 좋은 음과 좋은 음이 만난다고
화음이 되는 것 또한 아닌 것처럼.

상처

정말로 나를 아꼈다면
그런 말들로 상처 주진 말았어야지.

너로 인해
아프게 된 나를 보살피는 게 아니라,

너로 인해서만큼은
내가 아프지 않게 더 조심해 주었어야지.

이기심

괜스레 너에게 묻고 싶었다.
나를 진심으로 사랑했는지.
묻지 않아도 될 말이나
내겐 무척이나 중요한 듯해 보였다.
이기심이었다.
그게 너에게 듣는 마지막 위로래도
우리의 마지막 순간이
아름답게 기억되기를 바라는
그저 나의 한낱 욕심이었다.

마지막 불씨

애쓰고 있다는 것을 안다.
나를 사랑한다는 것 또한 안다.
그리고 그 모든 것이 이내 꺼져 버릴,
불꽃이라는 것 또한 이제는 안다.

알 수 없는 것

너는 겨우 그런 마음이었을까.

그저 미풍이 분 것일 뿐인데
나는 너를 봄이라 여기고 있었던 걸까.

시달림

며칠을 시달렸다.

무거워질 대로 무거워진 마음이 끝없는 추락을 해
이젠 다시 올라설 용기조차 나지 않을 듯했다.

포기가 최선이 되어 가고 있었다.

나를 지탱해야 할 내가 기우니
일어서는 것조차 버거운 일이 되었다.

끈

"내가 어떻게 했으면 좋겠어?"라고 너는 물었다.
사실 나도 무엇을 어떻게 해야 할지는 잘 몰랐다.
끊어질 듯한 끈을 잡는다고 해서 그 끈이 붙는 것일까.

팽팽하게 놓인 우리 사이가
어느덧 말 한마디에 끊길 만큼 닳아 있었다.

네가 더 힘들지는 않았을까

나의 서운함이
서로를 어긋나게 하지는 않았을까.

불안한 마음에 연신 사랑을 묻던 나에게,

말없이 자신의 볼을 맞대던 네가
실은 더 여린 마음을 갖고 있지는 않았을까.

의심

따뜻한 온도조차
몇 분이면 미지근함을 느끼면서

나는 내가 아닌
너의 변하지 않는 온도를 의심했네.

부서진 관계

너를 잃어 가는 중이다.
손에 닿지 않을 만큼 멀어지고 있는 네가
이제는 사랑한다는 말로도 잡을 수 없을 만큼
나의 온 세상에서 부서지고 있는 중이다.

사랑은 타이밍

당신이 빛나는 가로등이면 뭐하나.
그 사람의 마음은 이미 백주 대낮인데.

차가운 여운

내가 너를 앓는다고
네가 나를 알까.

너를 좋아했던 만큼
내 마음이 전해졌다면,

그 건조한 한마디가
나에게 왔을 리 없다.

걱정

문득 너와 나의 거리가
애매하게 느껴지는 하루였다.

너의 사소한 표정과 차분한 태도가
나의 마음에 수십 번 들이박혀

그냥 두거나 뽑아낼 수조차 없는 걱정이 되었다.

잦은 상처

아무리 좋은 화해를 하여도
잦은 싸움은 문제가 되더라.

마치 빨래를 하면 할수록
옷이 더 빨리 해지는 것처럼.

시간

너의 입에서 나온 문장들로
나는 반나절을 울었다.
가슴이 먹먹하고 답답한 게
마음속엔 이미 멍이 들었는지
너를 생각하는 것조차
심한 통증이 되어 부서진다.
정적이 필요한 것이다.
찢어진 옷이 더 찢어지지 않도록
우리의 관계는 잠시
꿰맬 시간이 필요한 듯했다.

집착의 기로

너와 멀어질까 봐 조바심을 내었던 것.

오랫동안 깍지를 낀 손엔 땀이 고이는 것처럼
때로는 놓아줄 줄도 알아야 그 마음도 더 오래갈 수 있는 것.

염증

서로가 다른 것일 뿐인데
서로의 탓을 하는 날이 늘어만 간다.
표현이 서툴러 행여 오해라도 할까
말 한마디 한마디도 조심스럽게 건넸던 우리가,
언젠가부터 서로의 가장 아픈 부위가 되어
자연스레 곪아 가고 있었다.

갈증

다만 너의 표현에
나는 갈증이 나는 듯했다.
좋아한다는 그 말에 어떠한 비유도 없는
그저 바닷물 아닌 순수한 사랑을
너에게 바라고 있었다.

고작

고작 그런 말이었다.
나를 평생 사랑하겠다는 너의 말은
이처럼 쉽게 무너져 버리고 말
그 순간의 가벼움이었다.

이유

떨어져 지내는 게 싫다.
언젠간 그게 익숙해진 우리가 될까 봐.

속마음

힘에 부칠 때면 말할 걸 그랬다.

네 모든 걸 사랑하면서도
너로 인해 내가 아프지 않은 것 또한 아니라고.

부디 영원하기를

그토록 좋아했던 사람도
오랜 시간이 물결치면 깎여 나가는 걸까.

아무리 단단한 마음일지라도
너와 내가 부딪힌 곳에 큰 상처가 난다면,

우리는 함께 걸어온 이 길마저 달리하게 되는 걸까.

끝의 시작

네 마음은 잠시 흔들린 것이나
그로 인해 내 마음은 수십 번을 부르튼다.

입이 마르고 가슴은 답답한 게
마치 이미 너를 잃어버리기라도 한 듯,

나는 네 옆에서 천천히 메말라 가고 있다.

영원할 줄 알았다

평소 웃음이 많던 사람이었다.

이야기를 나눌 때면 늘 웃음이 그치지 않고,

서운해하는 감정보단
나를 이해하는 듯한 표정이 더 드러나는 사람이었다.

그리고 그게 너의 전부일 것이라 믿었다.

한결같이 흔들리지 않는 너의 모습을 보며,

내가 너를 놓지 않는다면
너 역시 나의 곁을 영원히 지킬 것이라고만 믿었다.

잉크 없는 펜

잉크가 없는 펜은 그저 종이를 긁어낼 뿐이다.
마치 너의 진심 없는 표현이 나의 마음을 상처 내듯이.

곱씹다

요즘은 네가 해맑게 웃던 날들이 그립다.
우리가 우리라는 것에 무척이나 행복해하고
너와 나는 참 잘 맞는 것 같다며
그 하나하나를 곱씹는 내내 웃음이 번지었던,
어쩌면 다시 돌아갈 수 없을 것 같은
그때의 우리가 너무나도 그립다.

통증

별것 아닌 듯 던진 네 말이
내 가슴을 움푹 찌른다.

가라앉지 않는 통증에서 비롯돼
이내 새벽으로 번져 버린 상처.

네 한마디에 찢길 만큼
내 마음은 이리 얇은 옷을 입고 있는데,

우리의 추위는 점차 두터워지기만 한다.

너는 계절, 나는 그 계절의 온도

그만큼 내가 더 절실했던 거지, 뭐.

사소한 말 한마디에 상처받아 놓고
버릇처럼 또 너를 찾아다니는 것조차.

불안함

나는 너에게 여전히 좋은 사람일까.

겉으론 늘 괜찮아 보이는 너일지라도
마음 깊은 곳에선 나와 멀어지고 있지는 않을까.

그렇게 우리 서로에게 닿지 않을 안부가 되어 버리진 않을까.

이별의 과정

끝이 오는 걸 보면서
바꿀 수 없다는 것 또한 알았다.

우리의 오랜 시간은 창틀에 쌓인 먼지처럼,

지금이라도 닦아 내지 않으면
금세 숨이라도 막혀 버릴 것 같아서.

엔딩이라는 것 자체가 슬프기도 하니까

이미 시들어 버린 너에게
나의 마음은 꽤나 무의미하겠지.

사실 우리 아닌 우리에게
해피 엔딩이라는 것은 없는 것 같아.

너와 끝을 맺는다는 것만으로

나의 지난 행복들은
커다란 슬픔이 되어 버리니까.

마지막 기회

고백은 절박한 것.

침묵이란 백지가 후회로 물들기 전
내 진심을 전할 수 있을지 모를 마지막 물감.

집착의 종착

우리는 서로의 손에 담긴 모래알이었다.
그저 움켜쥐려 할수록 더 새어 나가고 마는.

속상함

일부러 그런 것이 아닐지라도
네 마음의 일부를 다치게 한 것이
내심 불편하기만 하다.

괜찮다는 너의 배려까지도
다 내 잘못의 일부라 느껴질 만큼.

이별의 문턱

마음이 없지만
서로를 붙잡고 있는 것은

너와 나 모두에게 가혹한 진실이다.

만남이 더해질수록
손끝은 멀어질 우리의 관계.

언젠간 닿지 않을 우리가 되어 가지만,

여전히 서로의 손을 놓지 못하는 것 또한
너와 나의 가혹한 진심이다.

나를 잊은 것일까, 잊으려 하는 것일까

당신의 나날엔
더 이상 내가 정거하지 않는 것일까.

아니면 당신에게 멈춰 선 나를 보고도
당신은 그저 내가 지나가기만을 기다리고 있는 것일까.

흔적

네가 고작 울상으로 여기는 나의 표정은
이미 너에 대한 애정이 식어 버린 흔적이다.

되돌리려 해도 되돌릴 수는 없다.

이미 엎질러진 물은
다시 담아내는 게 아니라 깨끗이 닦아 내야만 하는 거니까.

각자의 이기심

고즈넉한 너의 시선에
나의 표정은 불안함을 그렸다.
잠잠히 굳어 버린 것이다.
입 끝에서 나올 말이 무엇이든
그 표정의 연장선만은 아니기를 바랐다.
너에게 이별을 받기엔 나의 계절도
그리 따뜻하지가 않아서.

안녕

너에게서 비 오듯 쏟아지던 애정이
어느새 가뭄이 되어 나에게로 내린다.

네 마음의 작은 사정이랄 것이 무엇인진 모르나

굳이 더 묻지도 않을 나에게
너 또한 그 이상의 대답을 할 필요는 없다.

내가 너를 보내는 이유 또한
그 어떠한 형태로도 남지 않을 수 있게 말이다.

고통

변해 가는 사람을 보는 것은 고통스럽다.
나를 대하는 태도가 예전의 모습에서 벗어나
알지 못하는 모습이 되어 가는 그 과정을 보는 것이
내 마음마저 흔들리게 하는 크나큰 바람이 된다.

사랑의 끝자락

너는 나에게 늘어진 중독이자
실그러지고 있는 온도의 끝자락.

한곳으로 치닫던 감정은 고비가 되고
뜨거운 사막은 금세 식어 버리기도 하는 것처럼,

우리는 곧장 무너져도 이상하지 않을 결과 속 끝자락.

마음의 거리

서로 다른 것이라고만 여겼던 일들이
끝끝내 우리 사이를 갈라놓고야 말았다.

애초에 우리의 관계는 잘못된 것이었을까.

너와 나의 작은 차이로 만들어진 거리가
이젠 마음이 닿지 않을 만큼 멀어지고 있다.

마음과 상처의 비례

끝을 향할 것이었다면 시작조차 말 걸 그랬어.

누군가를 잃어 가는 마음이
얼마나 사랑했던 정도로 그려질 것이었다면,

차라리 내 마음 어디에도 너를 매어 두지 말 걸 그랬어.

거짓말

여전히 사랑하느냐 묻는 너에게
내 본심은 새침한 거짓을 내놓는다.

잔뜩 꾸민 탈을 쓴 채 너에겐 안녕을,
나의 마음엔 한껏 더 무거운 갈등을 채우며.

망설였으면 좋겠다

차라리 네가 이 길을 헤맸으면 좋겠다.
우리의 끝이 조금이나마 더 미뤄질 수 있게.

이별의 온도

조금 이르지만
눈이 내리기엔 충분한 온도였다.
우리 사이가 이미 여느 겨울의 나무들과 같이
잎사귀를 헐벗고 움츠려 가는 것처럼.

중요한 듯 중요하지 않은

고작 그런 이유로
우리는 헤어짐에 다가서고 있었다.

지나고 보면 그저 유난이었을
너와 나의 그 한낱 자존심 때문에.

나약함

슬프지만
내가 할 수 있는 거라곤 고작,
네 입 밖으로 나올 헤어지잔 말을
아주 잠시 늦추는 것뿐이었다.

지워진 편지

젖은 편지가 되고 만 것일까.

밤새 울며 써 내린 이 마음이
너에게만은 보이지 않는 듯하다.

괄호

모든 풀이엔 순서가 있는 것인데,

우리는 그 관계를 풀어 나가야 할 때
자신의 마음만을 괄호 속에 넣었던 것은 아니었을까.

그때그때 소중하게

헤어짐을 미룬다고
마른 마음이 채워질까.

시든 꽃에 내리는 비는
그저 차가운 추위일 뿐인데.

막대 사탕

어느새 모두 닳아 버린 우리에게도
그 무엇보다 달았던 시절이 있었음을.

제발

무너져 가는 나를 달래 줄 순 없는 건가요.
나에게서 비롯된 당신의 서운함을 뒤로한 채
오늘은 그냥 나를 꼭 안아 줄 순 없는 건가요.

놓아야 할 때가 된 걸까, 우리

다 괜찮을 거라는 말이 듣고 싶었을 뿐인데,

우린 이제 그 가벼운 말조차
기대하기 어려운 관계가 되어 버렸나 봐.

더 이상

기대를 내려놓는 일이 늘어만 간다.

사랑하는 사람에게 받고 싶은 마음은
사소한 말에서도 느낄 수 있는 소중한 마음인데,

언젠가부터 너에게 흘러나오는 짤막한 이야기들 속에
나를 사랑하는 너의 마음은 담겨 있지 않은 듯하다.

가여운 꿈

우리는 자고 일어나면 잊힐 가여운 꿈으로 만나
더 이상 잡을 수 없는 과거가 되어 가는 걸까.

손을 뻗으면 닿을 듯하고
잊지 않고자 하면 기억될 수 있을 것만 같은 우리도

언젠간 서로에게 잊힐 가여운 꿈에 불과한 걸까.

3

더 이상
우리의 별은
반짝이지 않는다

—

너와 나의 농도
0%

모로 누워도 불안한 감정이 움트고

지독하리만큼 네가 그려지는 마음의 추위.

밤하늘을 수놓던 추억도 이젠 그 의미를 잃고

오랫동안 빛을 발했던 애정도 차디찬 일부가 되었을 뿐,

더 이상 너와 나의 별은 반짝이지 않는다.

소나기

그럼에도 네가 좋았다.

미칠 듯이 힘들었던 날들이 가고

머릿속이 또 너의 수수한 웃음 삼킬 때,

나는 어느덧 답답한 가슴을 부여잡고

두 눈가를 이불에 맞댔다.

예보에도 없던 소나기였다.

미어질 듯한 그리움이 핏대가 되고

목은 찢어질 듯 천둥소리를 내었다.

아무래도 오늘은 소나기가 길어지려나 보다.

미련한 미련

아픔보다 행복을 추구하는 나에게 있어
너만은 내가 놓지 못한 유일한 역설이다.

절대로

다시는 만나지 않았으면 좋겠다.

간혹 네 생각에 무너지고
마음 한편이 텅 비어 버린 듯해도,

내가 너를 다시 찾는 일은 없었으면 좋겠다.

버거운 일

너를 미워한다는 게
얼마나 무거운 감정인지 알고 있을까.

하루하루를 너에게 연연하며
기나긴 시간을 흘리듯 보내는 내가

여지도 없는 우리의 어느 틈을
여전하게 걸어가고 있다는 것조차.

테두리

가끔은 잘 지내고 있을지 궁금해.
그래도 정말 좋아했던 사람이니까.

사람을 잊는다는 게
본래도 쉬운 것은 아니지만,

너에 대한 마음이 그리도 온전했기에
우리는 이리 깊은 테두리로 남았나 봐.

상심

네가 나를 습관처럼 되뇌기를 바란다.
내가 받은 이 크나큰 상실만큼이나
너에게도 내 빈자리가 커다란 색을 띤 채
차갑게 아른거리기를 바란다.

흉터

믿었던 사람이라 그렇다.

지금쯤 아물어야 할 이 상처가
여전히 내겐 가장 쓰린 것 또한.

당신이라 좋았다

어쩌면 다행이었다.

지금은 그저 떨어져 가는 잎일지라도

한때는 내가 너로 물든 단풍이었다는 게.

순식간에

헤어진다는 게 그렇더라.

아무리 머리를 예쁘게 꾸몄더라도
비가 내리면 물거품이 되어 버리듯,

얼마나 예쁜 날들을 쌓았든 간에
말 한마디에 무너져 버리는 게

너와 나의 관계이더라.

괴리

너를 좋아했던 나의 지난날들은
어느덧 단단함을 잃어 조각이 났다.
그리고 처음으로 알게 되었다.
그 무엇으로 빚은 마음일지라도
어느 한순간 무너져 버릴지 모르는 게
사람과 사람 사이 감정이라는 것을.

부디

네가 아프지 않았으면.

그렇다고 또
쉽게 나를 지울 수도 없었으면.

그때의 우리

여전히 나는 당신이 보고 싶어요.

손끝만 스쳐도 마음이 설렜던 날들과
빨갛게 달아오른 볼에 당신의 입술이 닿았던,

그저 우리의 여린 체온이 맞닿은 것만으로
온 하루가 따뜻하게 물들어 가던 그때의 우리를

나만은 여전히 그리워하고 있어요.

엎질러진 물

이미 쓰러진 잔에
무엇인들 채워질까.

당신을 담았던 그 모든 날조차
이리도 쉽게 쏟아져 버렸는데.

진한 향

향이 진한 사람은 쉽게 잊히지 않는다.

물병 속에 물을 비워 내고 새로운 물을 담았을 때와
커피를 마신 잔에 그와 같은 물을 담았을 때가 어떠한가.

이별이란 결국 더 진한 사람이 오기 전까진
마음 어느 모퉁이에라도 남아 있을 지독한 흔적이다.

자책

차라리 나를 원망하기로 했다.

네가 나를 떠난 것도 그저 내 탓이라 여기며

우리가 나누었던 모든 순간을 이젠 놓아주기로 했다.

행여, 만약에, 그리고 후회

헤어지고 난 후

너에게선 며칠째 연락이 없다.

모두가 당연한 것이라 여기겠지만

서운함에 휩쓸리는 내 마음 또한 진심이다.

그리고 지금 다시 한번 그 마음을 곱씹어 본다.

행여 너 또한 나와 같은 마음을 하고 있지는 않을까 해서.

잔상

어질러 놓은 일들이
밤이 되면 고통으로 쏟아졌어.
마음이 정리되지 않은 만큼
뚜렷한 네가 그려지기도 했지.
생각보다 많은 것들은 모순이었어.
나의 곁에 있었던 너조차
이 밤의 잔상이 되어 버린 것처럼.

정리

정리라는 게 다 그렇다.

그때그때 하지 않으면
시작할 엄두조차 나지 않는 것.

그래서 나는 네가 미운 것이다.

우리가 나눈 오랜 시절을
너는 쉽게 지워 버린 것 같아서.

후회

재가 될 것이라면
타오르지 말 걸 그랬다.

뜨겁지도 차갑지도 않은 그 온도로
서로의 곁에 조금이나마 더 머무를 수 있는

그런 미지근한 사랑을 할 걸 그랬다.

고리

그리 울어도, 그리운 걸 어떻게 해.

낙화

짧은 시간이었지만
너의 말에 나는 시들고 말았다.
부서져 갔다.
네가 붙잡아 주기를 바라며
끝없이 추락하는 꽃잎이 되었다.

마음의 두께

마음을 접는 게 종이 접듯 쉬웠다면
내 마음을 다 구겨서라도 너를 잊었을 텐데.

어질러진 감정

어긋난 감정이자 틀어져 버린 관계.
상처가 난 곳엔 부스러기가 남고
비어 버린 마음엔 과거만이 고스란하듯
나조차 내 마음의 어느 곳 하나 디딜 곳이 없다.

포화

봄을 붙들고 있으면
여름에 피어나는 꽃을 보지 못한다.

그리운 순간들이 무르익으면
두 눈가엔 투명한 열매만이 맺히는 것.

양손에 든 과거를 내려놓지 않는다면
당신의 오늘은 또 놓일 자리를 잃어버린 것이다.

진심이었던 날들

가벼운 말이었을까.

너와 처음을 나눈 순간부터 지금에 닿기까지

우리가 수없이 널브러뜨린 그 고백들은

이리도 쉽게 잊힐 한낱 서툰 감정이었을 뿐일까.

되돌아가는 길

우리가 나눈 시간이 길었던 만큼
마음이 돌아가야 할 시간은 길었다.
좋아했던 만큼 후유증이 남은 것이다.
둘이 걸을 때 자그마했던 가시덩굴은
어느덧 커다랗게 자라 길을 덮었다.
너와 함께 걸었던 길들이 나에겐
이제 커다란 가시밭길이 된 것이다.

비수

오늘은 오랜 시간 희미했던 당신이
문득 쏟아지는 날이다.

잘 가라는 나지막한 말이
마지막 한 말이 되어 버렸던 우리.

사랑은 돌아오는 것이라 믿었던 나에게
때마침 그 사랑이 비수가 되어 돌아오고 있었다.

여전히

우리의 아늑한 말들이 그립다.

나를 다정히 안은 채
속삭여 주었던 너의 그 진심들까지.

비로소

이제 나도 조금은
너를 이해할 수 있을 것 같아.

곁에 있다는 것만으로 관계가 지켜질 만큼
우리는 그리 행복하지 않았다는 것을.

가뭄

내 마음에 장마로 쏟아지던 네가
메마른 가뭄이 되었다.

하얀 봄처럼 피었던 우리가
어느새 이별의 찰나에 접어들고,

푸른 나무로 지냈던 날을 벗은 채
추운 겨울을 나고 있는 것처럼.

네가 가득했던 나의 사계는 이제
그 어느 여름의 가뭄보다
깊게 시들어 버렸다.

이기심

어쩔 수가 없었대.

애초에 섣부른 마음으로 고백해 놓고
이제 와서 우리는 아닌 것 같대.

그 말을 듣는 나조차 더 이상 어쩔 수 없게.

마음에서 비롯된 시차

어떠한 시차도 일지 않았는데
오늘은 너의 작은 소식조차 없다.

어쩌면 내가
네가 없는 이 새벽에 갇힌 것일까.

보고 싶은 사람을 볼 수 없다는 것만으로
나의 시간은 좀 더 느리게 흐르는 듯하다.

좋아하는 마음의 연장선

그리워한다는 것은
여전히 사랑한다는 말.

나를 놓고 가 버린 그 자리에
네가 다시 돌아오기만을 기다리며,

여전히 너에게 서성이고 있는 것.

홀로

네가 숨 쉬는 이곳에서
내 숨은 멎어 간다.

바다가 없는데 커다란 파도가 치고
꽃잎이 없는데 떨어지는 낙엽이 된 채,

하나의 아픈 과거가 되어 간다.

한 계절

슬픈 일이었다.

너와 내가 끝을 맺는 겨울에서야
우리가 비로소 한 계절이 되었다는 게.

지우개

이제야 당신을 지웠습니다.

제 마음 모두 가루가 되어 버리고 나서야.

마침표

흔들림 없이 나를 지켜봐 주던 사람이
속삭이듯 남기고 간 상처.

나를 가만히 바라보며 늘 웃음을 지었던 네가

어딘가 지워져 버린 문장의 한 표정으로
끝내 진한 마침표를 찍어 버렸던 상실의 그해.

이별

별도 따 주겠다던 사람이
언젠가 이별을 들고 오더라.

당신이 떠난 거리

당신이 거쳐 간 무른 마음엔
깊은 자국이라도 남았을까요.

내내 나의 옆을 지키던 당신이
이제는 멀어져 가는 걸음이라니.

내가 이 자취를 따라 걷는다면
우리 또한 다시 만날 수 있을까요.

그리움

마음이 차오른 곳
그 어느 부분을 떼어
낮이 없는 천장에 던지었다.

밤과 밤이 지나도 돋아나는 생기.

네 색채가 온전한 이 방 안엔
나의 상처만 정연하게 물드나 보다.

악순환

보고 싶다는 말이 반복됐다.
너를 향해 던졌던 익숙한 말이
이제는 네가 아닌 나에게 박혀
하루에도 수십 번을 메아리치고
또 부서지며 악순환했다.
밀물뿐인 파도였다.
네 생각이 일렁일수록 더 높이 차오르는,
나는 커다란 바다가 되어 가고 있었다.

매개체

내가 비 오는 날을 좋아하는 이유는
지난날이 내게 다시 오기 때문이야.
너와 한 우산을 나눠 쓰며 걸었던 날들과
너에게 쓸려 갈 듯 애틋했던 내 마음이
그치지 않던 그때의 빗물처럼 온 하루를
다시 너로 젖게 하기 때문이야.

혼란

여전히 네가 보고 싶은데
그 마음으로 나는 망가져만 간다.

애타는 마음에서 비롯된 끝없는 갈증일까.

너를 그리워하는 것만으로
내 속은 점점 더 타들어 가기만 한다.

예전의 우리

저녁에 들여다본 사진 한 장으로
잔잔했던 눈가엔 파도가 일었다.

함께한 날들이 일상이었던 우리도
정처 없는 이 비엔 디딜 수 없는 수심이 되었기에.

되돌릴 수 없는

너와 나의 장벽이 무너진대도
우리 사이엔 강물이 흐를 것이다.

깊게 파인 상처는 흉터를 남기듯

너로 인해 눈시울을 붉혔던 날 또한
이 흉터에 가득 차 서로를 나누고 말 것이다.

종이

종이에 베이는 것처럼 가끔은
스쳐 지나간 인연이 더 아프다.

불분명한 이유

우리의 헤어짐에
나는 어떠한 이유가 되었을까.

불안한 나를 부여잡고
달라질 것 하나 없을 듯 안아 주었던 네가

어쩌다 이리 차갑게 나를 덜어 내게 된 것일까.

자국

어찌나 울었을까.

이 감정이 너에게 닿을 만큼
내 마음은 제법 커다란 슬픔이었을까.

숨기거나 감출 수도 없을 만큼 커다래서

나를 뿌리쳤던 너의 마음
그 어느 가장자리에라도 내가 묻어 있지는 않을까.

실타래

지난날로 예쁘게 뭉쳐진 실타래가
가슴으로 툭 떨어지며 선을 긋는다.

풀어진 매듭엔 누군가의 손자국이
점선을 연상케 하듯 흩어져 있고

예쁘게 풀린 이 실타래는 여전히
마음속을 뒹굴며 선을 긋고 있으니

너를 떠올리는 일은 이처럼 아름답지만
작은 상처가 되기도 하는구나 싶었다.

소식

요즘 무척이나
지난날의 당신이 오르내린다.

기억하고 싶지 않아
잊으려 했던 예전의 것들인데,

누군가를 스쳐 온 그 사소한 소식에
나의 찰나는 또 그때의 우리로 얽매여만 간다.

여분조차 없는 슬픔

너는 내가 되새기고 싶지 않은 안녕.

행여나 떠오를까
애써 잠들고 싶은 새벽이자,

벗어나려 해도 금세 나를 젖게 하는 마음의 장마.

가시

걷어 낼 수 없는 것들이
서늘하게 물들어 버린 길녘.
너에게 이르렀던 나의 날들이
형태가 없는 흙으로 부서지고,
서로가 주고받았던 장미조차
꽃잎을 잃은 채 가시만 무성해 간다.

헤어지자는 말

이내 나의 입가에선
미안하다는 말이 새어 나왔다.

그 누구의 탓도 아니었음을 알지만

좀 더 강한 마음은 늘 가시가 되어
여린 마음에 박힌다는 것 또한 안다.

어쩌면 나의 탓이다.

네가 아파하는 지금 이 순간조차
나는 네가 빼내야 할 날카로운 가시가 되어 버렸다.

잊은 게 아니었다

드물게 들려오는 네 소식에
잠 한숨을 못 잤던 적이 있다.

연하고 연한 모습만을 띠고 있어
그저 낡은 줄 알았던 그때의 기억들이

이따금 타인의 한마디로 비롯돼
또다시 선명한 아픔이 되어 버리기도 했다.

조각

커튼 사이를 비집고 오는 이른 아침의 햇살,

너와 그렸던 모든 그림이 잠에서 깸과 동시에

내 온 하루를 흔들어 놓을 것처럼 반짝이는 찰나.

눈시울에선 고스란히 떨어지는 과거,

무척이나 애를 쓰지만 되돌릴 수도 없는 상처.

나의 하루였던 네가

여전히 나의 하루로 남아 있는 유일무이한 파편.

튼 살

너무도 진한 추위에

유난히 어렸던 손등에도 하얀 주름이 지고야 말았다.

네가 떠난 후 처음으로 맞는 추위라 더 그런 것일까.

온몸이 시리고 너의 품이 그리워지는 이 순간.

내 마음 곳곳엔 네가 겹겹이 쌓인 주름이 된다.

후유증

사랑하는 사람과 나누었던 모든 일상이
의미를 갖추게 되는 것만큼 잔인한 이별도 없다.

거리의 가로수 벚꽃이 피는 봄,

우리가 마주할 수 없는 기나긴 밤에도
수화기 너머엔 늘 들려오던 목소리.

그 모든 것들이 이젠 다 쓰라린 아픔이 되었다.

너의 부재

헤어지자는 말 한마디에
너는 내가 채울 수 없는 결핍이 되었다.

아무리 무엇을 채우려 해도
결국엔 나만 더 무기력해지고 마는.

씨앗

어쩌면 네가 나를 버린 것이
네가 나에게 주는 벌인 것일까.

나로 인한 너의 서운함들이 결국
더 커다란 상처가 되어 나에게 온 듯하다.

네가 내리는 새벽

초겨울로 접어드는 새벽.

이번 해에도 어김없이
흙 속엔 하얀 진주들이 묻혔다.

차디찬 눈송이였다.

나의 마음에 깊숙이 파고든 네가
이내 시들어 버린 과거에 또다시 물을 주고 있었다.

다른 날

오늘은 너와 거닐었던 공원에 잠시 다녀왔어.

날씨가 선선한 탓에 옮기는 발걸음이 더 가벼웠던 거 있지.

그러고 보면 너와 걸었던 날들은 늘 이런 날씨를 하고 있었어.

뭐랄까, 가만히 있어도 전혀 서늘하지 않은 온도에

걸으면 더 시원하게 불어오는 바람이랄까.

물론 이 모든 순간에도 너만은 이제 나의 곁에 없게 되었지만.

퇴색

모로 누워도 불안한 감정이 움트고
지독하리만큼 네가 그려지는 마음의 추위.
밤하늘을 수놓던 추억도 이젠 그 의미를 잃고
오랫동안 빛을 발했던 애정도 차디찬 일부가 되었을 뿐,
더 이상 너와 나의 별은 반짝이지 않는다.

절망

어설픈 말 아니,
어떠한 말로도 이젠 너를 잡을 수 없겠지.

내일이 되면 내 옆에서 뒤척이던 네가 그리워
나의 밤 역시 네 생각으로 가득 찬 채 뒤척일 테고.

서운한 감정을 내비쳤던 너의 지난 모습들은
나의 느지막한 후회가 된 채 수많은 밤 떠밀려 오겠지.

회상화

나의 애정이 깊어
우리의 지난날은
하나의 풍경이 되었다.

싹이 트고 꽃이 피어
지금의 차가운 낙엽이 되기까지,

어떠한 말로도 간직할 수 없어
어떠한 말로도 표현하지 않았던,

너와 나 우리의 그 영원할 줄 알았던 개화가
어느새 무너진 마음 한편, 풍경화로 걸렸다.

무지개

밤에 핀 무지개를 본 적 있나요.

빛이 저물고 비가 내리지 않는
어느 날의 처연한 밤공기가

단아한 당신을 선명하게 피워 내며
나의 두 소매를 젖게 할 때,

일곱 번 무너졌던 나의 하루는
또다시 당신을 향해 뻗어 가고 있어요.

지난날

가끔은 나도 너의 물꽃으로 피어
젖은 눈가의 한 방울이 되고 싶다.

진심으로 사랑했던 사람에게서
이별을 건네받았던 추운 계절,

너를 껴안은 나의 온기가
그 어느 날보다 무뎌지고 부서질 때,

너의 눈가에도 한 번은
내가 흘러내렸으면 좋겠다.

파도

늘 곁에 있을 것 같던 사람이 떠난다고 하니까
처음에는 정말 머릿속이 새하얘지는 거야.

그 사람이 천천히 정리했을 모든 나날들이
나에게는 한순간의 파도로 밀려온 거잖아.

액자

내 마음에 못을 박은 사람인데
나는 또 그곳에 너와의 추억을 걸어 두고 있었다.

4

한 문장으로도
우리는 충분하지

너와 나의 농도
99%

한 문장이라도 충분한 것이다.

너와 내가 담긴 것이라면.

우리 사이

얼마나 지냈는지보다
얼마나 진했는지가 중요한 거지.

잊지 않기를

지금은 익숙해진 것들도
한때는 내가 가장 낯설어 했던 것이었음을.

편안한 관계

긴 시간을 마주하지 않아도
어제 만난 듯한 사람이 좋다.

별말이 없어도
그 분위기가 전혀 어색하지 않고,
서로가 서로를 편안해하는 게 느껴지는 관계.

그런 관계가 때론 나에게 가장 큰 힘이 되더라.

* * *

여전히 당신은 아름다운 꽃이라고

하나의 꽃잎이 떨어진다 하여
그 꽃이, 꽃이 아니게 되는 건 아닌 것처럼

이미 무너진 어느 하나로 인하여
당신이 그 이상 무너질 필요 또한 없다고.

모순

참 슬픈 건, 내일의 행복을 위해
우리의 오늘이 무너지고 있다는 거야.

✳✳✳

결말

끝맺음이 정해지면
과정은 조금 더 쉽게 흐른다.

그게 하나가 되는 고백이든
그 하나가 둘이 되는 결별이든.

시작하는 모든 이에게

무언가를 시작한다는 것이
얼마나 어려운 일인지 안다.

그리고 그 모든 게
서투를 수밖에 없다는 것 또한 안다.

태어날 때부터 걷는 사람은 없듯이

아무리 어설픈 시작일지라도
그 또한 한 발을 내딛는 걸음이 될 것이라 믿는다.

＊＊＊

마음의 차이

닫힌 문을 두드리는 사람과
열린 문에 발을 디디는 사람은 다르다.

진심으로 당신을 생각하는 사람은
평소엔 어느 날의 편지일지라도,

무너질 때만큼은 한결같이
당신의 문을 두드려 줄 것이다.

익숙과 능숙의 관계

표현도 자꾸 해야 느는 것이다.

오른손만 쓰면 오른손잡이가 되고
왼손만 쓰면 왼손잡이가 되는 것처럼,

무언가에 능숙해진다는 것은
결국 익숙함에서 비롯되는 거니까.

✳ ✳ ✳

연한 마음

요즘은
누군가를 사랑한다는 게
익숙지 않습니다.

좀처럼 진한 것보단 연한 것이 좋고,

다른 꽃을 심는 것보단
피어 있는 꽃을 보살피는 게 좋아요.

마음을 흔드는 봄은 다가오고 있지만
그 살랑거림에도 잎이 떨어질까 마음만 졸이면서.

실천의 부재

며칠이 지나도
변하지 않는 내가 실망스러웠다.
저녁이 되면 늘 찾아오는 의구심조차
자고 일어나면 사심으로 채워지는 날들.
어쩌면 잘 다져진 다짐만을 일상 안에 섞었기에
그 실천의 농도 또한 이 바닥 아래 준하는 것일까.
긴요한 기회조차 기묘한 선택으로 이어지는 오늘,
나는 또 널브러진 빨래처럼 마를 날만 기다리고 있다.

우리

한 문장이라도 충분한 것이다.
너와 내가 담긴 것이라면.

인과

어느새 주저하는 일들이 많아졌다.

언젠간 그게 나를 주저앉게 만들 텐데.

✳ ✳ ✳

기다림

자립 없는 사심이었다.
그저 네가 내게 오기만을 기다리는.

불행

너에게 닿으려 한 어느 마음이 으스러진다.

부서지고 또 부서져 가루가 되고

잠시 부는 입김에도 끝없이 흩날리는 잎새가 된다.

네 마음이 안녕한 오늘이 나에겐 이제 크나큰 불행으로 분다.

✴ ✴ ✴

자아 성찰

돌이켜 보지 않을 것이라면
밑줄을 그어 놓는 것이 얼마나 의미가 있을까.

아무리 좋은 경험을 가졌다 할지라도
되돌아보지 않는다면 실수는 또 반복되기 마련이다.

당신의 하루

해를 거듭할수록
살아온 길은 선명해진다.

당신의 인생이 어떠한 작품일지라도
오늘의 스케치는 결국 내일의 일부가 되듯,

그동안 당신이 쌓아 온 하루하루 역시
언젠간 당신을 나타내는 가장 뚜렷한 그림이 될 것이다.

✴✴✴

다짐

백날을 비누칠해도 그저 물거품이 되는 것.

마음과는 다르게

그런 의미가 아닌데
어느새 보면 작은 오해가 움트고 있다.

나의 의도가 다른 이야기로 와전이 되고
또 그 이야기가 다른 사람에게 와전이 된 채,

나의 진심은 마치 없었던 것이 되어 가고 있다.

✳✳✳

바람

모든 순간 좋은 사람이 될 순 없겠지만
모든 순간이 지났을 때, 내 스스로가
좋은 사람이었다 말할 수 있기를.

적절한 환기

환기를 시키려 열어 둔 창문일지라도
오랫동안 닫지 않으면 그 방 안엔 먼지만 쌓이는 것.

마음이 무거울 땐
누군가의 도움이 절실히 필요하겠지만,

타인에게 의지한다고만 해서
그 마음이 다 나아지는 것도 아니라는 것.

　　　　　　　　＊＊＊

기로

선택으로부터 자유로워지기 위해

나는 또 어떠한 길을 건너야만 하는 걸까.

하나의 결실을 맺고자 걷는 이 길목에도

이리 수많은 걱정이 비 오듯 불어나고 마는데.

꽃

날카로운 가시 하나 없다면
온전한 나로 자라는 것조차 힘든 것이 사실이다.

아무리 좋은 알맹이를 품고 있어도
딱딱한 껍질이 없다면 금세 시들어 버리기도 하는 나날.

과일이 달콤한 맛을 내기 전까진 떫은맛을 내듯,

우리 역시 온전하게 피어나기 위해선
잘못된 것들에 날카로운 가시를 세울 줄도 알아야 한다.

✳✳✳

사랑하는 사람들

"나는 자신이 알고 있는 것을
자신에게 먼저 대입할 줄 아는 사람이 좋아."

"좋고 나쁨의 잣대를
남이 아닌 나에게 먼저 던질 줄 알고
말의 무게를 가볍게 여기지 않아
속에 담아 둔 것이 참 무거워 보이는 사람들."

"지금은 버거운 짐을 들고 산을 오르고 있지만
그 가방에 든 것들로 결국 빛을 발하게 될 사람들."

용서는 당신의 몫이 아니다

지난 일에 연연하지 말라는
당신의 그 무책임한 말이 싫다.

바로잡지 않는 문제들은 결국
되풀이된다는 걸 왜 모르는 걸까.

용서할 여지는 타인의 몫이 아니라
오롯이 상처받은 이의 마음이어야만 한다.

✳ ✳ ✳

유일한 볕은 너인데

너는 네 마음에
아직 볕이 들지 않았단 이유로
곁을 지키고 있는 나마저 외로이 서 있게 한다.

나에게 찾아온 추위엔 네가 가장 큰 볕이란 것도 모른 채.

차근차근

이제는 사소한 것들에서부터 바뀌어야지.
내 진심의 형상이 누군가에겐 거짓이 되지 않게
움켜쥔 이 마음가짐을 절대로 놓지 말아야지.

✳ ✳ ✳

공감

위로란
한 장의 수건이 되는 것과 같다.

상대의 속상한 마음을 닦아 주면서
나 또한 그 입장에 점차 젖어 드는.

연인

수백 번을 사랑한다 말했어도
헤어지잔 말 한마디에 끝을 맺는 것.

✳ ✳ ✳

영원하지 못했던 염원

어릴 때부터 애잔한 노래를 좋아했다.

누군가를 사랑하는 일이 너무나 아름다워
가끔은 나를 차가운 웅덩이에 빠뜨린 채
하루하루 그 속에서 무너지기도 했다.

내가 너로 인해 아파하고 여전한 사랑을 품고 있다면
언제든 우리는 다시 이어질 수 있을 거라고
그저 영원할 수 있을 거라고 믿었다.

이해의 방향

때로 세상의 관대함은 반대로 흐른다.

저 사람은 원래 저런 사람이니까 네가 이해하라는 말과

좋은 사람인 줄 알았는데 오늘 보니 참 별로라는 말.

누군가는 평생을 예쁘게 꾸려도 별로인 사람이 되고

누군가는 매일을 피해 주고도 이해를 받기도 하는 사회에서

우리의 관대만큼은 절대 잘못된 방향으로 역행하지 않기를

바란다.

✳✳✳

소신

나의 고유한 소신을 타인에게 종용하지 않을 것.

누군가에게 받지 못한 애정과 그로 인한 나의 결핍이
다른 사람을 아프게 하는 가시가 되지 않게 노력할 것.

그리고 무엇보다 당신을 사랑하는 나의 마음엔
그 어느 밤에도 피어날 수 있는 찬란한 여명을 심어 둘 것.

내가 아파하면서

짧은 걸음이었지만
분명 나는 너에게로 향하고 있었다.
위로가 필요한 순간에도
너의 위로가 되려 낮을 쪼갰던 날들과,
여느 새벽처럼 마음이 차가울 때
더 아팠던 기억들로 이불을 덮었듯이.

* * *

시드는 일상

포근한 날과 달리 마음의 건강을 잃은 지 오래다.
예전엔 사소했던 것들이 이제는 나를 수시로 괴롭혀
매 순간을 불필요한 감정으로 움트게 하는 날들.
꽃이 있는 곳이라면 어떠한 나비라도 날갯짓을 할 텐데
나의 일상은 모든 길목 앞에 서서 망설이고만 있다.

* * *

화

마음은 풍선과도 같다.

담아 둔 게 많을수록 더 쉽게 터지고 마니까.

✳ ✳ ✳

각각의 마음

"그렇게 조금씩 내 곁에서 떠나갔더라고."

"아무리 내가 사랑하는 사람일지라도
그 사람들이 나를 사랑하는 건 또 별개의 문제였던 거야."

"어쩌면 내가 너무 바보 같았던 거지."

"나를 사랑해 주는 사람이 아닌
그저 내가 사랑하는 사람에게만 얽매여 있었으면서."

"내가 마음을 준 이들에겐 늘
더 많은 기대를 바랐다는 것조차 말이야."

반복

사람과 사람 사이 관계가
때로는 우리의 호흡과도 같더라.

그렇게 좋은 사람들이 주변에 들어찼다가도
금세 또 돌아보면 어디론가 다 새어 나가고 없는.

왜곡

바다 위의 평온이 무너지기 시작한다.

햇살이 부서져 미약한 빛이 되어 가는 과정.

누군가는 왜곡이라 부르는 또 하나의 굴절이

잔잔한 나의 마음속을 파고든 채 일렁이고 있다.

시작

어설픈 행동이라 생각했던 것들이
어느 순간 날이 갈린 채 서 있더라.
누군가에게 나를 드러낸다는 것이 그렇다.
허물을 벗기 전에는 그것이 허물이었음을 모르듯
때로는 녹슨 용기를 드러내는 것이
자신을 더 깨끗하게 닦아 내는 것이다.

✳ ✳ ✳

연극

심란한 밤.

불편한 생각들이 내 머릿속을 무대 삼아
마땅한 조명도 하나 없이 연극을 시작한다.

마치 짜인 각본이라도 있듯이
줄줄이 쏟아져 나오는 이 불투명한 전개.

온종일 나를 시들게 만들었던 악몽 같은 이야기가
이제는 내 걱정을 양분 삼아 더 큰 봉오리를 피우고 있다.

고귀한 문장

우리의 생애가 한 권의 책이라면
당신의 오늘 또한 고귀한 문장이다.

✳ ✳ ✳

말의 무게

당신의 생각을 입술로 빚으면
중력을 받는 하나의 언어로 태어난다.

가볍게 내뱉던 일상의 언어조차
누군가의 마음엔 심히 무거운 이야기가 되듯이.

기회는 날아들지 않는다

기회는 늘 명확한 기준 속에 도사리고 있다.

뱃고동 소리가 물들어 가는 저녁의 능선과
노을이 지는 지평선을 좀 더 그윽하게 향유하려거든

내일도 늦지 않았으니 청초한 바다로 나아가자.

날아들지 않을 기회를 집에서만 기다리고 있기엔
우리의 계절이 너무도 아름답게 반짝이고 있으니까.

✳ ✳ ✳

안개가 내린 창밖을 보며

비가 내린 오후를 건너 저녁이 내리는 시간.
창문 밖엔 뭉개진 구름이 내려앉았는지
온통 새하얀 세상이 피어나 나의 시선을 가리고 있다.
길을 잃은 듯한 불빛, 어제보다 은은한 마음.
허전한 방 안보다 꽉 찬 듯한 바깥의 온도가
오히려 나의 마음을 따뜻하게 피워 내는 봄이 되었다.

기대라는 암묵적 요구

타인의 기대에 종속된 채
매일을 흘려보내는 것은 슬픈 일이다.

누군가에게 좋은 문장이 되기 위해
장르를 잃어버린 한 권의 책이 되는 것.

어쩌면 기대가 아닌 기댈 곳이 더 필요한 우리에게
그 암묵적 요구는 마음을 찌르는 가시가 아닐까.

* * *

기나긴 분위기로 남고 싶다

찰나의 순간이 기나긴 분위기를 만들기도 하잖아.

그래서 나는 늘 향수를 가방에 넣어 놓은 채 다녀.

누군가와 마주하는 첫 순간부터 은은하기를 바라며.

무뎌지는 것이 사랑이라면

그것이
우리의 봄이 되어 가는 것이라면
저는 이대로 겨울에 머물러 있겠습니다.

우리가 거닐었던 이 길목에 서서

당신의 가슴 깊은 곳까지
녹지 않고 흩날리는 차가운 눈발이 되겠습니다.

＊＊＊

시작이 곧 재능

재능이 절가하나 시도조차 않는 사람은
날개를 가졌음에도 날지 않는 것이니,

우리 중 최고의 재능을 가진 사람은
지금이라도 무언가를 시작할 수 있는 사람이다.

누군가에겐 큰 아픔

겪어 봤다고
다 안다는 듯이 말하지 않기를.

서로가 똑같이 부딪힌대도
상처란 더 여린 곳에 나는 법이니까.

✳ ✳ ✳

소중함

우리가 놓치고 살아간 대부분의 것들은
되돌릴 수 없거나 내일을 버겁게 만든다.
지나간 시간, 떠나간 연인, 그리고 우리가
지켜 내지 못했던 하루하루의 습관들.
이 모든 것들이 작은 모래알처럼 쌓여
언젠가 커다란 사막을 이루기 전에
당신의 소중한 숲과 나무를
아끼고 사랑하기를 바란다.

기회

기회는 시작의 연장선이다.
우리가 서 있는 지금의 자리 역시
어느 순간의 선택으로 어우러진 것처럼,
고민으로 가득 차 있는 당신의 발밑이
또 하나의 출발점이 될 수 있음을
잊고 지내지 않았으면 한다.

✳ ✳ ✳

녹는 중

추위가 가득한 집 안에 난로가 피어오르고
바깥을 채운 눈송이들은 하나둘 녹아내린다.

당신의 세상에서 가장 춥고 하얗던 시기.

모든 것들이 다 무너져
처음부터 다시 쌓아 올려야만 했던 나날들.

그 모든 순간들을 이겨 낸 당신에게
햇볕은 이따금 새로운 계절을 선물하고 있었다.

* * *

노을

어수선한 하루 끝 직설적인 노을은
또 하나의 저녁을 알린다.

자신이 점점 뚜렷해지는 시간이자
자아의 거울이 빛나는 고민의 영역.

생각의 나열이 밤의 깊이와 비례할 때
산만한 걱정들은 지난 시간을 넘나들고

원하지 않았던 나의 모습이 그려질 때
내일이 오는 것조차 무거운 숨이 되듯

노을은 오늘도 내게 걱정스러운 경고를 하며
깊은 저녁이 오기 전 빨갛게 물들어 간다.

* * *

햇살

지난날의 실수가 반복되지 않도록
사랑하는 이들에게 한 번 더 표현하기를.
마음속 깊이 꿈꿨던 것들이 언젠가 날개를 잃고
무너진대도 꼬옥 품에 안은 채 달래어 줄 수 있기를.
하루하루가 예쁘게 가다듬어진 지금 이 순간,
내가 어제보다 나은 사람으로 피어나
소중한 이들의 따스한 햇살이
되어 줄 수 있기를.

얼마나 지냈는지보다
얼마나 진했는지가
중요한 거지

초판 1쇄 발행 2021년 10월 19일

지은이 서주한
펴낸이 이광재

책임편집 구본영
디자인 이창주
마케팅 정가현　　　　**영업** 노시영, 허남

펴낸곳 카멜북스　**출판등록** 제311-2012-000068호
주소 서울특별시 마포구 양화로12길 26 지월드빌딩 (서교동 395-7)
전화 02-3144-7113　**팩스** 02-6442-8610　**이메일** camelbook@naver.com
홈페이지 www.camelbooks.co.kr　**페이스북** www.facebook.com/camelbooks
인스타그램 www.instagram.com/camelbook

ISBN 978-89-98599-85-0 (03810)